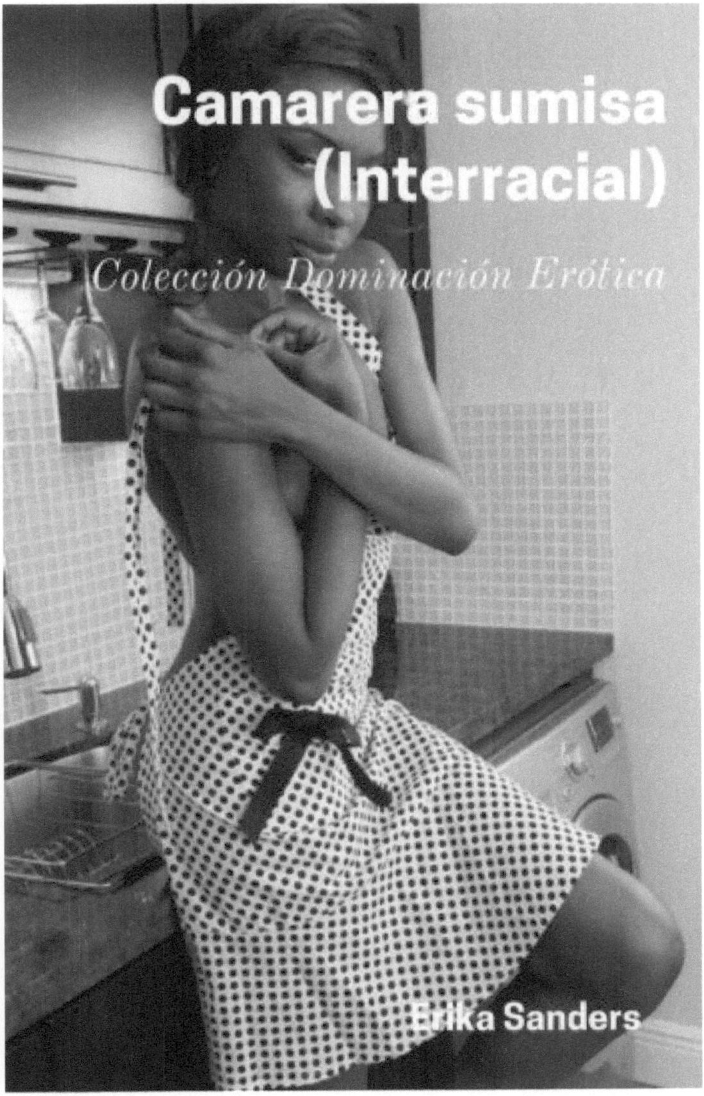

Camarera sumisa (Interracial)

Colección Dominación Erótica

Erika Sanders

Camarera Sumisa
(Interracial)

Erika Sanders
Serie
Dominación y sumisión erótica

Sinopsis

5

Julieta es una afro mexicana que trabaja en un motel de poca categoría en el que el gerente tiene como uniforme de las empleadas un vestido escotado con tacones sin sostén y con tanga.

En el motel se aloja un cliente mayor, el señor Sánchez, que se dice llamar el "Padrino" de la joven....

Al llegar al motel Julieta se da cuenta que está preparado el desayuno del Señor Sánchez para llevárselo a la habitación...

Camarera sumisa es una historia perteneciente a la serie Interracial, una colección de historias de alto contenido erótico que suceden entre personas de diferentes razas y color de piel.

(Todos los personajes tienen 18 años o más)

Nota sobre la autora:

Erika Sanders es una conocida escritora a nivel internacional, traducida a más de veinte idiomas, que firma sus escritos más eróticos, alejados de su prosa habitual, con su nombre de soltera.

Índice:

CAMARERA SUMISA
ERIKA SANDERS

Julieta llegó al motel "Corazones Solitarios", justo a tiempo, para asumir el turno de la mañana.

Era una de las sirvientas del motel y una de sus tareas principales era entregar el desayuno a los clientes, a las ocho en punto todas las mañanas.

Por supuesto, ella también tenía que limpiar el polvo y ordenar las habitaciones, pero eso podía esperar hasta el mediodía, cuando el resto de las mucamas aparecerían.

"Corazones Solitarios", estaba ubicado a ciento cincuenta kilómetros al norte de la Ciudad de México, justo al lado de la carretera nacional A9.

Consistía en una pequeña área de estacionamiento; una piscina de tamaño mediano; un edificio principal, que albergaba muchas instalaciones además de la oficina del gerente; y dos alas de diez habitaciones cada una.

Cada habitación tenía un pequeño baño, televisión por cable y aire acondicionado.

Si tuviéramos que comparar sus precios con los de los hoteles y moteles locales, definitivamente encontraríamos una diferencia significativa, siendo "Corazones Solitarios" el más barato.

Por lo tanto, había sido y era el refugio de muchas personas, que tenían poco dinero y no querían pagar demasiado por alquilar un apartamento, pero querían pasar algunas temporadas viviendo en un hotel.

Julieta era una latina de veinte años de origen afro-mexicano.

Su padre era un marinero norteamericano negro, que pasaba la mayor parte de su tiempo viajando por todo el mundo, y su madre era mexicana y estaba dedicada a su esposo e hija.

No medía más de un metro sesenta de altura, pero su figura era bastante simétrica y curvilínea.

El cabello negro y rizado hasta los hombros enmarcaba su rostro ovalado, mientras que sus exóticos ojos rasgados eran negros con las pestañas naturales más largas que cualquiera pudiera imaginar.

Su nariz era delgada y delicada, con grandes y anchas fosas nasales, herencia de su padre, que revelaba una naturaleza bastante insaciable, dedicada a los placeres carnales eternos.

Dos hileras perfectas de dientes blancos y brillantes adornaban su pequeña boca como collares de perlas, y sus carnosos labios rojo oscuro rogaban, como sirenas homéricas, ser brutalmente mordidos.

Su piel era oscura y su figura en forma esbelta era realmente asombrosa.

Estaba dotada de una muy delgada cintura con forma de anillo.

Con fuertes senos 95 C palpitantes y simétricos, coronados con grandes aureolas negras y deliciosos pezones marrones que sobresalían continuamente.

Y caderas anchas, capaces de contener a héroes de una época épica.

Su trasero era grande, redondo y un poco gordito, debería perder al menos siete kilos, pero lo tenía firme y tonificado al máximo.

Los muslos eran curvos y suculentos y sus pantorrillas eran bien formadas y bastante fibrosas.

Julieta caminó directamente al vestuario de damas y se quitó la camiseta y los jeans.

Se desabrochó y se quitó el sostén, liberando sus voluptuosos senos, y se quitó las bragas blancas.

Al abrir su casillero, eligió una tanga de satén roja, que se puso inmediatamente, y un par de zapatos de tacón blancos junto con su atuendo de mucama: la gerencia estaba muy interesada en el tema de que todas las doncellas deberían usar tanga, tacones altos blancos, y sin sostén.

Julieta llevaba su atuendo, se ajustó el delantal blanco en los hombros y alrededor de la cintura, se puso los tacones altos y fue directamente a la cocina.

En una mesa grande encontró una bandeja cargada con el desayuno típico del motel y un periódico financiero.

Un pequeño libro blanco indicaba su destino: Habitación A4, señor Sánchez.

Sánchez era un hombre blanco canoso de 58 años, recientemente divorciado, cuya esposa lo había echado de su casa porque nunca parecía ganar suficiente dinero para mantener sus vidas.

Era una persona muy amable y gentil y Julieta siempre se preguntó si la razón antes mencionada era la única para que su esposa lo dejara.

Trabajaba como vendedor en una compañía de seguros y nunca se atrasaba con sus pagos, aunque su ropa era barata y su automóvil era un modelo de hace veinte años.

El señor Sánchez medía uno ochenta de estatura y tenía una estructura sólida debido a los años que había pasado como trabajador de la construcción en los tiempos de su juventud.

Tenía la cara quemada por el sol y ligeramente arrugada, pero era muy guapo.

Estaba un poco gordo en el vientre, pero las manos y las piernas estaban lo suficientemente musculosas.

Julieta siempre sintió lástima por él y nunca protestó cuando él, burlonamente, le decía "era su padrino".

¡En realidad le encantaba su sonido!

Julieta: "Señor Sánchez, soy Julieta. ¿Podría abrir la puerta? Le he traído el desayuno".

El señor Sánchez: "Un momento Julieta. Acabo de salir de la ducha. Dame un minuto para ponerme la bata y abriré la puerta ... Entra, cariño".

Julieta: "Gracias, señor".

Al entrar en la habitación, Julieta notó que el señor Sánchez llevaba una bata corta entreabierta que apenas cubría los muslos.

La vista de su pecho ancho y peludo y sus piernas musculosas y musculosas enviaron temblores persistentes y dulces que le recorrían la columna.

Se sonrojó y después de respirar profundamente, pasó la punta de la lengua sobre el labio superior, recogiendo las gotas de sudor que se habían acumulado allí.

Julieta: "¿Dónde debo dejar la bandeja señor Sánchez?"

El señor Sánchez: "Déjame tomar el periódico ... Puedes dejar la bandeja allí ... En la mesa pequeña ..."

Julieta se dio la vuelta y caminó cerca de la mesa, asegurándose de mover sus caderas lo más rítmica y sexualmente posible.

Sabía que podía dejar la bandeja allí, simplemente doblando un poco las rodillas y bajando el cuerpo verticalmente, pero eligió la otra opción.

Primero se acercó mucho a la mesa y luego comenzó a inclinarse, exponiendo su trasero al señor Steven muy lentamente.

La tela de su mini atuendo comenzó a levantarse, descubriendo centímetro a centímetro: primero la parte posterior de la parte superior de sus muslos, luego la entrepierna junto con los extremos de las nalgas y finalmente la tanga roja que estaba enterrada entre sus temblorosos glúteos regordetes.

Como si no fuera suficiente, permaneció en esa posición durante bastante tiempo, moviendo su trasero de izquierda a derecha, fingiendo estar limpiando la superficie de la mesa con una servilleta blanca.

El señor Sánchez ya se había sentado en una silla, tratando de leer su periódico, cuando notó los movimientos traviesos de Julieta.

Su boca se abrió de par en par y luego una gran sonrisa brilló de inmediato en su rostro.

Hizo rodar el periódico y golpeó el trasero de Julieta muy suavemente.

Julieta se retorció un poco como si la hubieran cogido desprevenida y se dio la vuelta, enderezando su falda nerviosamente.

Julieta: "¡Ohhh! señor Sánchez!"

El señor Sánchez: "¡Chica traviesa! No deberías hacer eso cuando tu "Padrino "esté aquí. ¿No sabes que es peligroso jugar con fuego?"

Julieta: "¿Qué hice 'Padrino'? Soy una buena chica. Siempre trato de comportarme".

El señor Sánchez: "No deberías presumir de tu pequeño trasero y especialmente delante de tu 'Padrino'. ¿Dónde están tus modales? ¿Has olvidado dónde estás? Quizás necesites que te enseñen una lección. Realmente necesitas disciplina. "

Julieta: "¡Oh, no 'padrino'! Por favor no me lastimes. No quise mostrarte mi trasero, fue un accidente. ¡Por favor, perdóname 'padrino'! No lastimes a mi pequeño trasero. ¡no! "

El señor Sánchez: "¡Necesitas una buena paliza! Eso es lo que tengo que decir. Sabes, las reglas de la casa son muy estrictas y debes pagar por ello. No puedo permitir que esto vuelva a suceder. ¡Ven aquí! "

Julieta se rió y fue hacia el señor Sánchez, balanceando sus maravillosas caderas como una top model profesional.

El señor Sánchez le ordenó que se acostara sobre sus regazos.

Julieta yacía allí, apretando sus voluminosas tetas, la izquierda en su muslo izquierdo y la derecha en la barriga.

Luego levantó el trasero para darle un mejor acceso y esperó con impaciencia el próximo giro de los acontecimientos.

El señor Sánchez le subió la minifalda, dejando al descubierto su culo regordete de aspecto inocente, y comenzó a amasar y masajear los orbes palpitantes como un panadero experto.

No podía dejar de presionar y apretar la carne suave y oscura como un maníaco, y le gustaba especialmente la forma en que sobresalía entre sus nudillos, cuando deliberadamente la estaba "aplastando", usando sus dedos como alicates.

Además de eso, disfrutó mucho separando sus carnosas montañas del culo lo más que pudo, obligando a que la cuerda de satén desapareciera dentro de sus agujeros, mientras inhalaba profundamente.

Al mismo tiempo, el fuerte olor a sudor estaba mezclado con los jugos sexuales que el cuerpo de ella ampliamente difundía por todas partes.

Después de haber llenado el culo regordete de Julieta con numerosas marcas rojas (no se distinguían fácilmente en su piel oscura) de sus huellas digitales, el señor Sánchez tomó el papel del periódico enrollado en su mano derecha e inmediatamente le dio un suave golpe.

Julieta se retorció y dejó escapar un gemido prolongado y quejumbroso, especialmente concebido para derretir el iceberg más grande del mundo, en una fracción de segundo.

El señor Sánchez no necesitaba escuchar más.

Él comenzó a golpearle las nalgas casi desnudas con el periódico enrollado, como si estuviera frenético, infligiéndole golpe tras golpe con asombrosa precisión, pero asegurándose de no lastimarla demasiado.

Con todo su cuerpo en el aire, apoyado solo por los muslos del señor Sánchez, Julieta estaba 'gimoteando' y 'pataleando' como una chica pequeña, mientras ella seguía subiendo y bajando las pantorrillas, una tras otra, como una estrella de cine porno.

Julieta: "¡Aouchhh! ¡Padrino! ¡Eres tan malo! ¡Mi trasero está ardiendo! ... ¡Ay! ¡Deja de lastimar a mi pequeño trasero! Por favor, padrino ... Haré todo lo que quieras ..."

El señor Sánchez: "Tu gordo trasero necesita un castigo severo, pequeña. Te he dicho muchas veces que no debes exponer tu trasero escasamente vestido ante mí. ¿No sabes que me emociona? ¿Qué diría tu madre si ella estuviera aquí? ¿Estás tratando de seducir a tu viejo padrino? ¡Qué puta eres!"

Julieta: "Mmmmm ... ¡Ay! ... ¡Padrino! ¿Cómo podría seducir a mi viejo padrino? Solo soy la chica de mi padrino ... He notado la forma en que miras mis glúteos cada vez que me inclino ... Solo quería darte una vista perfecta de mi pequeño trasero ... Lo hice solo por ti, padrino ... "

El señor Sánchez: "Estaba tratando de leer mi periódico ... Eso era lo único que tenía en mente, hasta que llegaste ... Me distrajiste ..."

Julieta: "¡Oh, padrino! No quise ... Pero ... siento algo en mi estómago ... Algo está surgiendo debajo de mi estómago ... un gran bulto que está tratando de perforar mi ombligo ... ¿Qué es eso padrino?

El señor Sánchez: "¡Lo has conseguido! ¡Felicitaciones! Perdí por completo mi autocontrol. ¿Cómo voy a leer mi periódico ahora? Maldita sea ..."

Julieta: "Oh, no te preocupes, padrino. Si quieres puedo encargarme de tu "pequeño problema ". Déjame compensar todo lo que te he causado. Sé muy bien que tu "cosa" hinchada te está haciendo pasar un mal rato. Podría solucionarlo en el acto ... Por favor, padrino, déjame intentar ... "

El señor Sánchez: "Ummm ... Muy bien ... ¡pero no se lo digas a tu mamá! ¡Lo prometes!"

Julieta: "No lo haré ... lo prometo ..."

Julieta se puso de pie y felizmente tomó posición entre los muslos abiertos del señor Sánchez.

Se puso de rodillas y se acurrucó sumisamente entre sus pies peludos.

El señor Sánchez usaba sus lentes para miopes y perezosamente las tomó y abrió su periódico.

Julieta desató el cinturón y abrió su bata por completo, dejando al descubierto su polla dura como una roca y sus testículos arrugados.

Su miembro tenía aproximadamente unos dieciséis centímetros de largo, cinco de ancho y estaba circuncidado.

La cabeza era de color rosado oscuro y lo suficientemente ancha como para parecer la parte superior de una especie de hongo venenoso.

El miembro lo tenía ligeramente inclinado hacia la izquierda, mientras que muchas vetas malvas estaban dispersas a lo largo de su longitud.

La gran vena debajo de su polla estaba extremadamente gorda e hinchada y la idea de la gran cantidad de semen que podía llevar hizo que Julieta se mordiera el labio inferior con anticipación.

Julieta besó gentilmente la cabeza grande de su polla, y como debería mostrarle algo de respeto a su viejo 'padrino', colocó sus manos sobre sus pantorrillas.

Ella deslizó solo la cabeza entre sus labios apretados y comenzó a pasar sus manos por sus pantorrillas.

Su pequeña lengua comenzó a dibujar círculos alrededor del agujero rosado mientras sus largas uñas rojas rascaban lentamente la piel de sus pantorrillas.

El implacable juego de la lengua de Julieta en su sensible agujero fue el tormento más dulce que el señor Sánchez había experimentado alguna vez: su esposa apenas tocaba su rígido órgano, y mucho menos se lo ponía en la boca.

Solo al esforzarse al límite logra sofocar el impulso irresistible de empujar su polla profundamente en su boca, en un solo movimiento brusco, llenándole la garganta por completo y ahogándola hasta que se atragantara.

Julieta estaba chupando y mordisqueando la cabeza como si estuviera saboreando un delicioso helado, mientras que simultáneamente sacudía la piel del miembro hacia arriba y hacia abajo con su mano derecha y acariciaba su muslo derecho con la otra.

El señor Sánchez no pudo evitarlo y comenzó a gemir, preguntándose cuánto tiempo duraría.

Quería que eso durara para siempre, por lo que trató de concentrarse en leer la página del mercado de valores, sin desear disparar su carga demasiado pronto.

Era un esfuerzo duro y laborioso, ya que Julieta había comenzado a sacudir la cabeza agresivamente, girando la cabeza hacia la izquierda y hacia la derecha y tragando cada vez más y más la longitud de su polla.

De repente, ella dejó que su polla saliera completamente de su boca con un sonido 'PLOP' y bajó a sus testículos.

Su mano derecha pegó su órgano en su barriga y su lengua comenzó a correr a lo largo y alrededor de las peludas pelotas.

El señor Sánchez dio la bienvenida a ese pequeño descanso porque estaba a punto de romper su periódico y llenar su cálida boca con su precioso líquido pegajoso sin avisar.

Julieta estaba en su propio mundo lamiendo y chupando esas grandes bolas peludas y no le importaba tragarse también algunas canas viejas.

Estaba poniendo ansiosamente en su boca una bola tras otra, chupando todo lo que podía como una aspiradora; quería tanto devorar esos "huevos" suaves que no le importaría si uno de ellos realmente se atorara en su garganta.

Después de untar esos orbes arrugados con su saliva, puso su lengua en la base de su polla y lamió su camino hasta la cabeza.

Cuando llegó a la cima, inmediatamente engulló la cabeza y comenzó a deslizar lentamente los labios a lo largo, tratando de acomodar todo en su boca, si era posible.

Los primeros centímetros fueron fáciles de manejar, pero luego la tarea se hizo más difícil.

Abrió la boca todo lo que pudo y luego, lenta pero constantemente, comenzó a empujarla, apretando los centímetros adicionales dentro de su garganta resbaladiza.

Parecía que habían pasado horas cuando sus labios llegaron a la base de su polla, pero en realidad solo fueron un par de minutos.

Ella se atragantó ruidosamente y echó la cabeza hacia atrás, dejando que la reluciente polla del señor Sánchez se balanceara de izquierda a derecha como un péndulo veteado.

Julieta respiró hondo e inmediatamente agarró su polla y se la volvió a meter en la boca como una tigresa hambrienta.

Ella sacudió la cabeza apresuradamente sobre él, un par de veces, y luego moviendo la cabeza constantemente hacia la izquierda y hacia la derecha, se las arregló para volver a ahondar en ella.

Cuando sintió sus fosas nasales llenas con su vello púbico, supo que lo había logrado.

Ella celebró su victoria girando sus labios apretados alrededor de la base de la polla del señor Sánchez durante bastante tiempo, hasta que se quedó sin aliento.

El señor Sánchez no se atrevía a apartar los ojos del papel y ver lo que Julieta le estaba haciendo, porque si la veía follándole con la boca, seguramente explotaría en una ola gigantesca de semen, capaz de demoler todo el motel, el pueblo más cercano y solo Dios sabía qué más.

Sin tener idea de la situación del señor Sánchez, Julieta había regresado a sus "deberes" sin más preámbulos.

Ella había acunado sus bolas con su mano izquierda y seguía alimentando su boca receptiva con la polla resbaladiza del señor Sánchez, asegurándose de frotar también la cabeza en el paladar.

El señor Sánchez comenzó a sentirse incómodo y Julieta lo sintió en el acto.

Pensó que al señor Sánchez no le gustaba especialmente ese tipo de tratamiento, aunque muchos hombres morirían por eso, así que decidió frotar la cabeza en un lugar mucho más suave de su boca.

Obedientemente, inclinó la cabeza hacia la izquierda y guió el órgano rígido hacia el interior de su mejilla derecha.

La voluminosa cabeza de la polla del señor Sánchez inmediatamente distorsionó su mejilla derecha en un grado increíble.

Julieta se puso extremadamente feliz cuando lo escuchó gemir como un animal herido y siguió follando con su suave mejilla moviendo su cabeza inclinada hacia arriba y hacia abajo muy rápido.

El señor Sánchez: "¡Maldita seas chica! Me vas a dar un ataque al corazón ... ¡Quiero correrme! ¡AHORA MISMO! Deja de hacer lo que estás haciendo y déjame correr ... Quiero correrme incluso si este es el momento. Lo último que haré ... Retira tu boca insaciable ... ¡HAZLO AHORA!"

Julieta: "¡OH, SEÑOR SÁNCHEZ! Me temo que no puedo dejar que haga eso. Después de todos los esfuerzos que he hecho hasta ahora, creo que merezco más que eso. ¡No he 'comido' su tesoro todavía!"

El señor Sánchez: "¿Estás loca? ¿De qué estás hablando? Deja de murmurar y bájate de mi espalda. ¿Qué crees que has estado haciendo todo ese tiempo? ¡Me estás comiendo vivo! Ahora, vete, quiero irme. ¡correrme! ¡Algo malo me sucederá si no expulso mi semilla ya!"

Julieta: "¡DE NIGUNA MANERA! No sabes lo que te tengo reservado. ¡Cuando dije que no había 'comido' tu polla, lo dije en serio! ¡Literalmente! Ten en cuenta que no he desayunado así estoy hambrienta. Así que dame un segundo y verás lo que quiero decir ..."

El señor Sánchez: "¡Dulce Jesús! ¿Qué me va a pasar? ¿Qué está haciendo esta pequeña loca? No me atrevo a pensar ..."

Julieta fue a la mesa donde había dejado la bandeja y recogió dos rebanadas de pan.

Se arrodilló ante el señor Sánchez y colocó su polla entre las rodajas.

El señor Sánchez no podía creer en lo que estaba viendo.

¡Esa pequeña zorra iba a devorar a su desventurado miembro en realidad!

Intentó protestar, pero ya era demasiado tarde para eso.

Julieta ya había encarcelado su polla entre las rebanadas y estaba lista para probar su delicioso 'sándwich'.

Le chupó la punta de la polla para que se relajara y luego le dio un gran mordisco a su sándwich, sin dañar la carne palpitante del señor Sánchez.

Ella tragó y luego chupó la voluminosa cabeza una vez más antes de tomar otro bocado.

El señor Sánchez se sacudió involuntariamente el lomo y enterró más de su polla en su boca.

Ella lo chupó profundamente en la garganta junto con unas migas de pan que el señor Sánchez sintió que le hacían cosquillas en su piel sensible.

Julieta lo dejó salir de su boca y comenzó a mordisquear y chupar la suave corteza de las rebanadas que aún cubrían la cabeza, desmigándolas por completo.

El señor Sánchez gimió ruidosamente y se lanzó hacia adelante como si estuviera tratando de alcanzar el techo de la habitación solo con la punta de su polla.

Su polla comenzó a disparar por todas partes como una ametralladora calibre cincuenta, aprovechando sus últimas reservas de semen que no se habían utilizado en años.

Julieta agarró el martillo de bombeo y lo guió hacia su cara.

Era consciente del peligro de jugar con un arma cargada incontrolable; después de todo, ella había trabajado muy duro por su 'munición'.

Un gran chorro de esa 'pistola obsoleta' la golpeó en el ojo izquierdo, otra fue por el puente de su nariz y una tercera se perdió detrás de su cabeza.

Julieta pensó que no era prudente desperdiciar tan valiosas 'municiones' como esas y de inmediato la apuntó a su garganta, sacudiendo el miembro muy rápido y colocando sus largas uñas en sus testículos.

El señor Sánchez disparó unos pocos disparos más directamente en su garganta y luego se derrumbó en su silla, totalmente agotado.

Julieta se lo tragó todo, y luego, con obvio placer, tomó su suave polla y se la frotó suavemente en la frente, los ojos, la nariz, las mejillas y la barbilla, mientras aún goteaba líquido seminal.

Luego, tomó los restos de las rebanadas de pan y las usó para limpiar el semen de su cara.

Ella también los usó para limpiar y secar la polla del señor Sánchez.

¡Julieta ahora podría tomar el desayuno que tanto le costó ganar!

Se comió las rodajas con extremo placer y se lamió los dedos como una gatita feliz.

De repente vio migajas de pan atrapadas entre el vello púbico del señor Sánchez ...

Bueno, ¡qué diablos! ¡Siempre hay una segunda ronda!

FIN

RECIBIMIENTO SALVAJE
ERIKA SANDERS

Susan estaba acostada en el sofá pensando en su pareja.

Ella lo amaba con todo su corazón y su sueño era que él le hiciera todo lo que quisiera con los juegos previos.

Lamerla y chuparla hasta que valiera la pena morir por su nivel de éxtasis.

Luego follarla con el sexo más poderoso que la creación.

Era una noche tan aburrida.

Susan estaba acostada en el sofá en sostén y bragas rosas de seda viendo una película.

Pero Susan estaba pensando en su novio, su hermoso cuerpo, ojos verdes y cabello castaño oscuro.

La lengua de Susan asomó por sus labios mientras pensaba en él, la lujuria llenaba su mente y cuerpo.

Justo en ese momento, Susan escuchó la puerta abrirse, finalmente él estaba aquí.

Emocionada y húmeda, saltó y corrió hacia la puerta.

Allí estaba parado con sus jeans y una camiseta blanca.

Entró en la habitación notando los hermosos y agitados pechos de Susan, ya que casi se caían del sujetador por su emoción.

Agarrándola por la cintura, atrajo a Susan hacia él y la besó profundamente.

"Estoy tan jodidamente cachonda", susurró Susan con su cálida y húmeda boca. "Fóllame ahora".

No necesitando una segunda invitación, empujó a Susan hacia la mesa de la cocina.

Se quitó la camiseta y apagó las luces oscureciendo la habitación.

Susan yacía sobre la mesa, sus pezones ahora asomaban a través de su sostén blanco y se formaba una mancha húmeda en sus bragas a juego.

Se acercó a ella, formando un bulto en sus jeans.

Se inclina sobre Susan besando suavemente su vientre, lamiéndolo todo.

Susan jadea de placer y sus manos agarran su cabeza para acercarlo.

Él continuó lamiendo y besando su vientre, de vez en cuando bajando hacia su coño, aún cubierto por las braguita, para soplar aire caliente sobre ella.

Él agarra su ropa interior con los dientes, tirándolos hacia abajo en un movimiento rápido.

Las arroja sobre la mesa y olfatea sus pubis.

Susan comienza a gemir y a respirar pesadamente.

Enterrando su rostro en su coño mojado, él levanta la mano para quitarle el sujetador.

Los pechos turgentes de Susan se derraman sobre sus suaves manos.

Lamió suavemente la hendidura de Susan una vez más antes de acercarse al refrigerador.

Al abrirlo, sacó un tazón de fresas. Tomó dos de ellas, colocando una en el vientre de Susan y el otra entre sus senos.

Lamió la fresa en su ombligo, comiéndosela después.

Él continuó lamiendo su cuerpo de abajo a arriba y finalmente pasó a la siguiente fresa.

Lamiendo el escote de Susan, él mueve la fresa hacia arriba y hacia abajo entre sus senos.

Susan gime ante la sensación inusual.

Continúa moviendo la fresa cada vez más abajo por el cuerpo de Susan, hasta que llegó a su coño empujando la fresa con su lengua.

Susan jadeó y él pudo ver que su coño se contraía con la fresa cubierta con sus jugos.

Empujó la fresa más adentro de su coño.

La cubrió con la boca chupando suavemente hasta que la fresa estuvo nuevamente en su boca; ahora cubierta con jugos del coñito de Susan.

Sorbiendo la fresa, se la comió y se movió para darle la vuelta a Susan sobre su estómago.

Con su trasero en el aire, lo acarició.

Golpeó suavemente a Susan en el culo, antes de zambullirse hacia su trasero y lamerlo, dejando chupetones por todo el trasero.

Cerca había un tarro de miel, metió el dedo y lo untó sobre los labios de Susan.

Luego metió la lengua profundamente dentro de ella haciendo que Susan gimiera.

Él sorbió su lengua profundamente en su coño.

Gimiendo en voz alta, Susan dijo:

"Fóllame ahora".

Se quitó los jeans, con su polla a punto de estallar.

Ahora desnudo, su polla sobresale grande y fuerte.

Él agarró a Susan, pasando sus manos sobre sus muslos internos colocando su polla justo en su entrada.

Él frotó su cabeza contra su humedad; suavemente, separó los labios y deslizó la cabeza de su miembro suavemente.

Un gemido escapó de los labios de Susan cuando sintió la punta de su miembro entrar en ella.

Susan gimió más fuerte, mientras deslizaba el resto de su enorme polla dura en su coño.

Mientras todo él la llenaba, ella apretó las paredes de su coño, con lo que un gemido ahora llegó de él.

Comenzó a bombear su polla dentro y fuera del coño de Susan, conduciendo más y más con cada golpe.

Él continuó golpeando su coño haciendo que Susan gimiera cada vez más fuerte.

Agarrando sus muslos, golpeó con más fuerza que nunca, gruñendo mientras invadía el cuerpo de Susan con su enorme polla.

Susan gritó:

"Eso se siente tan bien bebé, fóllame más fuerte".

Él golpeó más fuerte con su polla en el coño de Susan, sintiendo la acumulación de semen en la base de su polla.

Sus bolas golpeando el trasero de Susan con el movimiento de él.

Susan dejó escapar un largo gemido y comenzó a tener un orgasmo salvaje, su coño apretando su polla, por lo que él también comenzó a tener orgasmo.

El semen se vomitó de su polla, el primer chorro entrando en el coño de Susan.

Pero él se retiró dejando que el resto rociara su cuerpo.

Justo cuando su orgasmo comenzó a disminuir, él metió los dedos en su coño bombeándolos rápidamente, enviando a Susan al orgasmo nuevamente.

Gimiendo y moviéndose por toda la mesa, Susan lo jaló sobre ella y lo besó profundamente.

Su sudor y semen se mezclaron por los dos cuerpos.

Después de relajarse ambos él dijo:

"Da gusto ser recibido así".

FIN

35

TRAICIONADA
ERIKA SANDERS

CAPÍTULO I

Becky oyó el ruido de la llave en la cerradura.

Bajó corriendo las escaleras, encendió la luz del pasillo y abrió la puerta.

Jack estaba allí bajo la lluvia, con la capucha puesta sobre su cabeza, la llave se detuvo en su mano mientras sus ojos oscuros la miraban fijamente.

"Oh, Dios mío, has venido", dijo Becky con alegría.

Ella saltó hacia adelante y pasó sus brazos alrededor de sus hombros abrazándolo, sintiendo la lluvia que cubría su abrigo filtrarse en la parte superior de su ropa tan ajustada.

A ella no le importaba.

Su hombre estaba aquí y eso era todo lo que importaba.

Ella liberó a Jack de abrazo efusivo y puso sus manos empapadas en su cara.

Su expresión seria no había cambiado.

"¿Qué pasa?", Dijo ella.

"Necesitamos hablar."

Becky sintió que su estómago se estremecía, pero se hizo a un lado para dejar que Jack entrara y se quitara las botas mojadas.

Entró en la sala de estar, frotándose los brazos nerviosamente mientras esperaba que Jack le diera las malas noticias, fueran las que fuesen.

A continuación, entró él en la sala de estar, aun con una expresión grave en su rostro demacrado.

"Ponnos una copa por favor", dijo.

Becky se acercó al carrito de licores y sirvió dos brandies.

Le temblaba la mano cuando le tendió uno de los vasos y bebió el suyo rápidamente.

Jack se acercó al sillón con los calcetines bastante húmedos.

La imagen que daba así era un poco cómica.

Ella se hubiera reído si no fuera porque el momento era bastante tenso.

Él se sentó en el borde del asiento, sin acomodarse, sin quitarse el abrigo mientras se preparaba para dar las malas noticias.

Tomó un gran sorbo de brandy antes de hablar.

"Ella lo sabe todo sobre nosotros", dijo después de tomar el licor con un suspiro final.

Becky sintió que sus rodillas se debilitaban, su corazón se aceleraba.

Se sirvió otra copa de brandy.

Caminó hacia el sofá que estaba frente a Jack y se sentó.

"¿Cómo?" Dijo después de otro trago del líquido tibio.

"Le dije."

Becky frunció el ceño.

"¿Le dijiste? ¿Para qué diablos?

"No pude aguantar más".

Becky se levantó.

"Por favor dime que estás bromeando, Jack".

Él sacudió la cabeza negándolo.

"¿Por qué le dirías a tu esposa que estás engañándola?"

Jack levantó la vista de debajo de sus pobladas cejas que le hacían parecer como un travieso cachorro.

"No pude verla estando indiferente y tranquila mientras continuaba escondiendo nuestro sucio secreto".

'Nuestro sucio secreto ¿Eso es todo lo que es para él?' Pensó Becky.

"Bueno, ¿qué dijo ella?", Dijo Becky, haciendo como que no había escuchado el ultimo comentario mientras caminaba de un lado a otro de la habitación.

"Ella está dispuesta a darnos otra oportunidad. Si esto se detiene ".

Becky dejó de caminar y miró la cara de Jack.

"¿Nos? ¿Quieres decir que tú y ella están juntos después de contárselo?"

Jack asintió.

"¿Vas a dejarme así sin más? ¿Porque ella lo dice?"

"Ella es mi esposa."

"¿Y qué era yo?"

"Tú sabes lo que era esto. Te dije que nunca dejaría a mi esposa. Esto siempre fue sexo entre tú y yo".

'Tú sabes lo que era esto. Pasado. Ya había terminado en su mente. ¿Cómo ha podido hacerme esto?'

A pesar de que él había dicho que nunca iba a dejar a Mary, Becky pensaba que lo podría convencer de que ella era realmente la mujer que él necesitaba.

¿Y no es así?

Parecía que no.

Jack había terminado su bebida y se había levantado para irse.

Becky se acercó a él.

"¿Eso es todo, entonces?", Dijo ella, mirándolo con enojo. "¿Me lo dejas caer así y te vas?"

Jack suspiró mientras la apartaba para dirigirse hacia el pasillo.

"Becky, tengo hijos", dijo, exasperado ahora.

Oh, no, él no se iba a salir así de fácil de esto.

Antes todo eran cumplidos y mensajes burlones y eróticos, con muchos besos al final para tenerme encantada.

Eso es lo que hacen todos, para obtener lo que quieren.

Luego, cuando ya han tenido suficiente, se ponen a la defensiva y tratan de deshacerse de ti.

El verdadero rostro de Jack se mostraba ahora.

Ella no había sido más que una pieza de carne para él, una cogida fácil.

Una escoria.

Una puta.

Esa era la forma en que los hombres siempre la habían tratado. Jack no iba a ser diferente.

"¿Y eso qué? Mucha gente se divorcia hoy en día. Los niños lo superan. Siguen teniendo a los dos padres ", dijo ella con frialdad.

"Son niños, Becky", espetó Jack. "Necesitan una familia. Seguridad. Un papá que siempre está cerca. No uno que aparece un par de veces a la semana ".

¿Y yo que? pensó ella algo egoístamente.

La mujer que no puede tener hijos.

La mujer que siempre y siempre será permanentemente estéril, incapaz de darle una familia a un hombre.

El fenómeno.

La rara.

La que solo es buena para divertirse, para joder.

¿Quién la amaría realmente?

"Iré a tu casa", amenazó. "Le diré lo que hicimos. Cómo me llevaste al bosque en tu auto y me follaste en el asiento trasero. Donde sus hijos se sientan cada día en el viaje a la escuela. Cómo me llevaste al mismo restaurante en donde le propusiste matrimonio a ella. A ver si ella cambia de opinión entonces ".

Jack se giró en la entrada, sus dedos dejaron la capucha que estaba a punto de levantar sobre su cabeza.

"No lo harás".

"Mírame."

Becky vio, por primera vez, una mirada en los ojos de Jack que había visto en muchos hombres antes.

Asco.

Lo que habían tenido entre ellos, lo que fuera que había sido para él, se había ido.

Ella sabía que nunca recuperaría eso.

Su labio superior se curvó cuando se colocó la capucha sobre la cabeza y se inclinó para agarrar sus botas.

Becky sintió que la calidez se desvanecía de su carne, volvía la fría sensación de quedarse atrás.

Abandono.

Ella lo había sentido demasiadas veces antes.

"No puedes simplemente dejarme, Jack", suplicó, sintiendo el familiar chorro de lágrimas que salía de sus ojos.

"Se acabó", dijo bruscamente, su voz enroscada por la ira.

"No me hagas esto, Jack. ¡Por favor!"

Él anudó el encaje de su bota y se enderezó, mirándola desde debajo del refugio de su capucha.

"No te acerques a mí ni a mi familia nunca más. Si lo haces, llamaré a la policía ".

Levantó su mano y dejó caer su llave en el piso.

La llave que ella le había dado con la esperanza de que él viera esto como su verdadero hogar, en el que eventualmente llegaría a vivir en forma permanente.

Fue la última puñalada en su corazón.

Tiró de la puerta y dio un paso rápido hacia el jardín.

Becky estaba de pie en el felpudo, con las mejillas brillando teñidas de lágrimas bajo la luz brillante del salón, observando cómo su alta silueta avanzaba a zancadas a través de la lluvia.

Lejos de ella.

De vuelta a su familia.

Fuera de su vida para siempre.

CAPÍTULO II

Becky miró el interior de su vaso y sintió que la cabeza le daba vueltas.

El whisky dejó un sabor agrio y amargo en su lengua.

Con los dedos temblando sobre el vaso, ella lo levantó y lo arrojó a la pared de la chimenea.

Chocó con el espejo, haciendo que fragmentos de vidrio explotaran y luego cayeran en cascada sobre el suelo y la gruesa alfombra.

Ella saltó del sofá y marchó hacia el teléfono.

Las lágrimas brotaron de sus ojos cuando agarró el auricular, pero se dijo que no iba a llorar más.

Ella se mordió los labios, marcando con determinación el número.

Después de unos momentos, respondió una brusca voz masculina.

"¿Hola?"

"Harry, soy Becky", dijo, sofocando su embriaguez con un resoplido.

"¿Becky? Jesús, ¿para qué llamas en este momento? Son las dos de la mañana ".

"Lo siento. Es solo que ... necesito estar con alguien ".

"¿Qué? ¿En este momento?"

"Sí."

Oyó un crujido en el otro extremo de la línea, el crujido de la garganta seca por los cigarrillos de Harry mientras se movía alrededor de la cama.

"¿Realmente me estás despertando por un polvo en mitad de la madrugada?"

Becky sintió un nudo en el estómago ante sus palabras.

¿Y si ella realmente no necesitara a alguien para satisfacerse?

Sin embargo, a Harry no le importaba eso.

Solo era un hombre típico con solo una cosa en mente.

Ella paró la tentación de explotar.

"¿Por qué no? Es un momento tan bueno como cualquier otro ", dijo algo agitada.

"Tengo que estar despierto a las seis".

"¿Y qué? Puedes dormir mañana por la noche. Y al menos irás a trabajar satisfecho en lugar de bostezando ".

"Estoy destrozado ahora mismo. Lo única forma de no ir bostezando a trabajar es unas cuantas horas más de sueño y no de ejercicio ".

Becky pellizcó sus labios frustrada y agarró sus cigarrillos que estaban colocados junto al teléfono.

Encendió uno y dio una larga y profunda chupada, luego se frotó la sien con el pulgar mientras soltaba el humo espeso.

"Te haré lo que quieras", dijo, y la nicotina le dio suficiente fuerza para intentar seducirlo.

"¿El qué?", Dijo Harry.

"Te meteré mi lengua por tu culo. Te comeré como un hombre se come a una mujer ".

Hubo una pausa y pudo sentir a Harry pensando en el otro extremo.

No muchas mujeres estaban dispuestas a comerle el culo a un hombre y Harry tenía un ano particularmente sensible, su lengua tenía la capacidad de hacer que todo el cuerpo de él se doblara y gritara al mismo tiempo.

Sin embargo, parecía que realmente estaba cansado esta noche. Incluso eso no fue suficiente para tentarlo.

"Oh, Becky. ¿No podrías haber llamado a una mejor hora?

"Me pondré mi correa. Te daré una larga y dura follada ¿Eso es lo que quieres, Harry? Una. Larga. Dura. Follada."

Harry sonaba nervioso y agitado cuando respondió.

Becky sabía que a él se le había puesto la verga dura como una piedra bajo las sábanas ante su explícito y asqueroso coraje.

Pero no importaba con qué intentara tentarlo, él parecía que no se iba a mover.

"Lo siento, Becky. Voy a tener que pasar. ¿Qué tal el viernes por la noche?

Becky vio el cenicero en la mesa de café y aplastó su cigarrillo.

"Eres igual que todos los hombres, ¿verdad? Crees que voy a ir corriendo cuando tú digas. Bueno, ¿sabes qué, Harry? Puedes joderte tú solo. Esa fue tu última oportunidad y la acabas de arruinar ".

"¿Qué ... Becky?"

"Adiós, Harry. Sueño profundo si puedes. ¡Coño! "

Colgó de golpe el teléfono en el receptor.

Becky se sentó en la cama por un momento, su corazón acelerado, su sangre hirviendo, un millón de pensamientos diferentes compitiendo por la precedencia dentro de su cabeza.

¿Cómo podrían hacerle esto?

Una y otra vez.

¿Y por qué ella seguía dejando que lo hicieran?

Cayendo en la misma vieja trampa una y otra vez.

Ella sabía lo que dirían los psiquiatras.

No te valoras lo suficiente.

¿Cómo puede esperar recibir respeto cuando ni siquiera se respeta a sí misma?

Bueno, eso es fácil de decir para ellos.

Quieren saber lo que es sentirse una puta que deja que los hombres usen su cuerpo como si fuera un trapo sucio.

Una madre que se iba a joder con sus novios y dejaba a su hija sola en casa, fría y hambrienta sin nadie quien la quisiera.

Una mujer que la convenció durante años de que su padre no la quería.

Que los había abandonado por su culpa.

Cuando la verdad fue que él se fue intimidado por la sumisión a la que era sometido por ella y demasiado aterrorizado para regresar a su reino de terror.

Becky hundió su rostro en sus manos y dejó que las lágrimas inundaran sus palmas.

Me dejaste, papi.

¿Cómo pudiste dejarme con esa perra psicópata?

Ella se sentó y se obligó a sí misma a que las lágrimas se detuvieran.

La tristeza se convirtió en enojo como el cambio de un interruptor.

Su padre fue un jodido cobarde.

Como todos los hombres.

Caminaban controlados por las bolas que se columpiaban entre sus piernas, pero no tenían las agallas para usarlas.

Sólo una mujer podía hacer eso.

El dolor era demasiado.

Becky necesitaba sexo.

Era lo único que la calmaría.

El sexo calmaría el dolor que sentía por dentro.

Dolor por no ser amada y por ser rechazada, que le hacía sentir como una puta sucia y desechable.

Durante unos breves momentos, un beso apasionado, un impulso lujurioso que la llevara al orgasmo, y se sentiría sanada.

Todo bien de nuevo.

Amada.

El único problema era que se había convertido en una adicción.

Y una vez que todo había terminado, después de que los hombres se marcharan y regresaran con sus esposas o a la siguiente mujer dispuesta a abrir sus piernas, ese lugar oscuro volvería.

Hasta la próxima solución.

Becky no podía soportarlo más.

Ya era suficiente.

Esta vez alguien iba a pagar.

CAPÍTULO III

La venganza es dulce.

O eso dicen.

Becky reflexionó sobre esto mientras se cepillaba el pelo largo y negro en el espejo del tocador.

Estaba desnuda, aparte de un par de bragas negras adornadas con un pequeño lazo rojo.

Sus senos de cuarenta y tres años eran tan firmes como los de una mujer diez años menor que ella.

Era uno de los aspectos positivos de no poder tener hijos.

Ha mantenido su figura y sus esplendidos encantos durante más tiempo.

Cuando las cerdas del cepillo se deslizaron por su cabello, experimentó una calma que no había sentido en años.

Algo finalmente se estaba generando dentro de ella.

Ya no será más una víctima.

Ella estaba luchando.

Ella iba a ser una guerrera.

Seleccionó una barra de lápiz labial rojo oscuro de su maquillaje y se la aplicó con cuidado a los labios, agregando un poco de plenitud dando un milímetro extra alrededor del borde.

El color complementaba su cabello oscuro y su piel aceitunada, dándole un aspecto ligeramente mediterráneo que no podría haber estado más lejos de su herencia británica.

Ella tuvo que admitir que se veía bien.

Ella podría tener un poco de aspereza en la voz por tantos cigarrillos y una infancia de mierda, por no mencionar la bebida, pero sabía cómo presentarse para tener sexo.

Ella había aprendido esa habilidad de su madre, y cuando se dio cuenta de cuán duras eran las chicas del norte, también había aprendido a usarla para su beneficio.

Las chicas sexy tenían poder.

Podrían controlar a los hombres con sus cuerpos, su aroma, y una mirada provocadora.

Cuando Becky lo meditó, se dio cuenta de que era lo que le había permitido sobrevivir durante tantos años.

Se levantó y caminó hacia el espejo de cuerpo entero.

Inclinando su cabeza a un lado, ahuecó sus pechos.

Hizo un mohín con sus labios recién pintados.

Sí, se veía lo suficientemente buena para comer algo apetitoso.

Y para comerte también, pensó con una risa sensual.

En la cama había un vestido rojo.

Corto.

Muy provocador.

Escote bajo para mostrar sus tetas.

Ella deslizó sus pies descalzos en él y lo subió a lo largo de su cuerpo.

Mirándose en el espejo, ella se dio la vuelta y lo abrochó.

Admiraba la tela sedosa, arrugada en las caderas, lo que acentuaba su forma típica de reloj de arena.

Junto a la puerta había una hilera de zapatos de tacones.

Becky se acercó y deslizó sus pies en un par rojo.

El color de esta noche era escarlata.

Rojo por sangre y asesinato.

CAPÍTULO IV

El taxista se detuvo afuera del club.

Becky notó que había dos gorilas junto a las puertas.

Pagó al taxista y salió a la calle iluminada por la luz de la farola, el aire suave tocando sus hombros desnudos mientras la música del club golpeaba bajo sus pies.

Cerró la puerta del taxi y caminó hacia la entrada, colocando la correa de su pequeño bolso rojo sobre su hombro.

Lugar de Encuentro era un moderno club de caballeros que había aparecido en la ciudad hace un par de años.

Hombres de todas las edades iban allí con sus trajes más modernos, empapados en botellas de loción para después del afeitado, tratando de atraer a las chicas del norte que acudían a su olor como perras en celo.

Becky no era la excepción.

Pero esta noche tenía su mente puesta en un hombre en particular.

El lugar era una colmena de actividad, ocupada para una noche de mitad de semana.

Una cantante estaba actuando en el escenario en un lado de la sala y el bar en el otro estaba lleno de los tipos más viejos encorvados sobre vasos de cerveza.

Hombres y mujeres se sentaban en una gran área llena de mesas en el centro de la sala, charlando y mirando hacia el escenario.

Becky se dirigió al bar y llamó a un apuesto joven barman con un corte de pelo estilo pico de viuda.

"¿Ricky está aquí esta noche?", Preguntó ella.

El camarero asintió. "Atrás."

Becky le dio una sonrisa y se alejó del mostrador, notando que los ojos de los hombres más viejos se habían movido de sus bebidas a ella.

Se aseguró de que tuvieran una buena vista de su trasero mientras desaparecía por un corredor que conducía a las oficinas en la parte trasera.

Ricky Morris era el dueño de cinco clubes nocturnos en el área de Maine.

Había ganado su dinero a partir de unos tratos poco fiables en los años noventa y abrió la cadena de clubes de caballeros que había sido un éxito instantáneo con los muchachos juguetones del Norte.

También era conocido por trabajar con strippers y prostitutas, proporcionándoles clientes y recortando sus ganancias.

Becky lo conoció hace dos años en el lanzamiento de *Lugar de Encuentro*.

De todas las mujeres atractivas y chicas guapas que estaban allí esa noche, era a ella a quien se había acercado.

Tal vez reconoció algo de sí mismo en ella, un rasgo masculino que apelaba a su naturaleza ambiciosa y emprendedora.

Una mujer que no se inclinaría ni adularía por su dinero y buena apariencia.

Una mujer que jugaría duro para obtener lo que quería.

Becky llamó a su puerta, pero no esperó una respuesta.

Al entrar en la habitación, vio un destello de carne y olió el inconfundible aroma del sexo.

Una mujer de veintitantos años yacía sobre el escritorio, con los pechos desnudos expuestos a través de un vestido que todavía estaba envuelto alrededor de su cintura.

Ricky la estaba follando desde una posición de pie, pantalones negros alrededor de sus tobillos, el sudor brillando sobre su cabeza afeitada.

Volvió la cabeza ante la interrupción.

"Joder." Se apartó de la mujer y Becky vio su gran polla, inflamada por la excitación, resbaladiza con el jugo de la mujer.

Cuando vio quién había entrado en la habitación, suspiró, se inclinó y se subió los pantalones.

La mujer en la mesa cubrió sus pechos, tratando de ocultar su vergüenza con una risa sensual.

Pequeña zorra, pensó Becky, caminando sin vergüenza dentro de la oficina.

Ricky se estaba abrochando el cinturón de cuero alrededor de la cintura cuando movió la cabeza para que la chica se fuera.

Aun cubriendo sus pechos, se deslizó recatadamente de la mesa, tomó los zapatos de tacón y salió de puntillas de la habitación.

Ricky caminó alrededor de su escritorio, mirando a Becky de reojo, con el rostro enrojecido.

Se sacó un pañuelo del bolsillo de la camisa, se enjugó la frente y metió la mano en un cajón para recuperar una pitillera plateada.

"¿A qué debo el placer?", Dijo, abriendo la caja y sacando un cigarrillo de colores.

Le ofreció uno a Becky.

Ella mantuvo sus ojos en él mientras caminaba hacia el escritorio y tomaba uno de los cigarrillos.

Era escarlata.

"¿Comprobando la calidad de la mercancía de nuevo?", Dijo, colocando el cigarrillo rojo entre sus labios.

Ricky entrecerró sus agudos ojos azules mientras encendía su cigarrillo y luego sostenía el encendedor para encender el de Becky.

"¿Cuál es tu punto para interrumpirme, entrando aquí sin avisar?"

Becky aspiró un poco del cigarrillo encendido.

Ella expulsó el humo que se arrastraba hacia el techo en un delgado hilo.

"Veo que has estado ocupado últimamente."

Ella miró hacia la mesa con una sonrisa.

Las impresiones de sudor donde habían estado las nalgas de la mujer todavía estaban presentes en la superficie del vidrio.

Ricky se sentó pesadamente.

Becky casi podía oír su corazón acelerarse, la sangre todavía bombeando alrededor de su cuerpo de la sesión sexual interrumpida.

Él la estudió con curiosidad.

"¿Ya terminaste?"

Becky negó con la cabeza.

"¿Entonces qué? Noto algo diferente en ti ".

Becky echó hacia atrás su pelo y miró la pecera grande que brillaba detrás de la cabeza de Ricky.

Peces grandes en un estanque muy pequeño, pensó con ironía.

Él podría tener dinero y poder sobre las mujeres, pero sentado allí en su silla sin tener ni idea de lo que estaba por suceder, era tan débil y patético como cualquier otro hombre.

"Supongo que debe ser por el clima del mes", dijo secamente.

Se quitó la bolsa del hombro y la colocó con cuidado sobre la superficie de vidrio que estaba sobre la mesa.

Ricky miró sus movimientos con interés.

Caminó alrededor del escritorio y posó sus nalgas en su borde duro.

Ricky hizo girar su silla, se inclinó hacia atrás y la estudió.

"Estás con ganas", dijo con atención.

"¿Cuándo no lo estoy?", Respondió ella.

Ricky sonrió.

A él le encantaba eso de ella.

Ese apetito audaz y dispuesto para el sexo.

Especialmente de una mujer.

Lo puso duro en segundos. Becky esperó a ver que su polla volvía a despertar mientras movía su cuerpo para mostrar sus pechos.

"Eres una puta", dijo Ricky. "Nada te detiene, ¿verdad? Ni siquiera segundos descuidados en una pequeña zorra.

"Ella era solo el aperitivo. Yo soy el plato principal. El sexo real."

Becky se subió el vestido por el muslo y deslizó los dedos entre sus piernas.

Se había quitado las bragas antes de salir de la casa, así que tenía fácil acceso a los labios desnudos que tenía entre las piernas.

Miró a Ricky y tomó otra chupada del cigarrillo.

El bulto que seguía creciendo en sus pantalones le dijo que planeaba estar dentro de ella en segundos.

Su coño se humedeció ante el pensamiento, intensificado por el conocimiento de que esta vez la satisfacción sería más dulce que cualquier otra.

Puso sus manos sobre la superficie de vidrio, dejando huellas pegajosas de su coño almizclado, y maniobró hasta posicionarse directamente frente a Ricky.

Puso ambos talones en los brazos de la silla, abriendo las piernas para darle la vista completa de lo que tenía entre sus piernas.

La excitación brilló a través de los ojos de Ricky mientras miraba hacia abajo y veía el dulce oculto debajo del pequeño vestido rojo.

"¿Qué se supone que debo hacer con eso?" Dijo sardónicamente, levantando su ceja.

Con los codos sobre la mesa, Becky aún logró fumar mientras respondía con una sonrisa sensual.

Sin palabras.

Ricky apagó su propio cigarrillo aplastándolo sin vergüenza sobre el cristal.

Respiró a través de sus fosas nasales, tal vez para obtener un sabor perfumado de lo que vendría, empapando sus largos dedos frente a sus hermosos labios.

"Voy a comerte hasta que tu coño gotee en mi boca".

Becky sintió un hormigueo en la vulva mientras apretaba los músculos.

Ella siempre había amado a un chico al que le gustara comer coño.

Ricky estaba feliz de saturar su rostro en su jugo, haciendo cosas con su lengua que lo enviaran a otro lugar.

Sería la forma más humana de irse, pensó.

Un miedo eufórico.

Sus grandes manos tocaron sus rodillas y separó sus piernas aún más.

Becky lo miró con una fascinación sombría, evaluando la excitación en sus ojos acerados.

Se pasó la lengua por los labios en broma.

Becky sonrió a sabiendas.

Entonces, antes de que ella pudiera hacer otra cosa, su cabeza estaba entre sus piernas y su lengua caliente y húmeda estaba abriéndose paso dentro de ella.

La cabeza de Becky cayó hacia atrás mientras jadeaba de placer.

"Oh, joder".

Ricky movió su cabeza vorazmente, lamiendo su carne pegajosa.

Comer, probar, respirar su olor almizclado.

"Delicioso", Becky lo escuchó decir con su profundo acento de Vermont.

Ni por asomo iba a saborear algo tan delicioso como su dulce venganza, pensó.

Ricky bajó la cremallera de sus pantalones y sacó su polla, masturbándola con movimientos rápidos y duros de su muñeca.

Becky se preguntó brevemente si él prefería su coño al que había estado follando minutos atrás.

Entonces ella decidió que ya no le importaba.

Todos los hombres eran iguales.

Tontos del culo que abusan de putas y chupan coños. Incluso si tuvieran la capacidad de enviarte a lugares que nunca supiste que existían.

¡La lengua de Ricky era divina!

Becky miró hacia abajo y vio el brillante y redondo cuero cabelludo subiendo y bajando.

Este era su momento.

Tomando aliento, hizo una pausa por un momento, luego juntó sus muslos en un movimiento rápido, cerrando el cuello de Ricky entre sus piernas.

Él se atragantó e intentó alejarse, pero fue en vano.

Becky metió la mano en el bolso rojo y sacó un cuchillo.

Ella agarró la empuñadura con ambas manos y la levantó por encima de la cabeza de Ricky.

Él continuó balbuceando, agarrando sus muslos para abrirlos.

Pero ella no pudo hacerlo.

Ella no podía dejar caer el cuchillo sobre su cabeza.

Ahora que el momento estaba aquí, ya no parecía una fantasía.

Se sentía como una pesadilla.

Ella no era una asesina.

Ella no podía convertirse en algo que no era.

La habían matado por dentro y ella los despreciaba por eso, pero matar a sangre fría la convertía en otra cosa.

La hacía a ella ser menos que ellos.

Becky liberó la presión de sus muslos sobre la cabeza de Ricky.

Salió de la trampa, jadeando y frotándose el cuello.

"Loca puta perra", gritó. "¿A qué estás jugando?"

Becky ya había ocultado el arma en el bolso antes de que Ricky escupiera su ira.

"Pensaba que te gustaría probar algo un poco duro", jadeó, haciendo todo lo posible por ocultar el miedo en su voz.

Ricky apartó sus piernas y se levantó.

"¡No podría respirar!"

Becky jugueteó con su vestido y bajándose de la mesa de vidrio.

Mientras estaba de pie, notó la expresión de duda en los ojos de Ricky.

"Oh, vamos", dijo ella. "Fue un poco divertido".

Consiguió mantener una sonrisa mientras su corazón latía frenéticamente dentro de su pecho.

Ricky no dijo nada, buscando en sus ojos algún tipo de engaño.

Él sería el único que tendría sangre en las manos si supiera que ella había planeado matarlo.

Becky caminó hacia él y se inclinó cerca de su rostro.

Ella besó su mejilla ruborizada, dejando su labio escarlata impreso en su piel.

"Ya he tenido suficiente por hoy. Me iré mejor", dijo ella.

Levantó su bolso de la mesa y caminó hacia la puerta.

Podía sentir los ojos de Ricky clavados en ella.

Penetrante.

Acusatorio.

"Espera", dijo.

Becky se detuvo.

Su corazón se congeló.

Lentamente se dio la vuelta.

El contorno oscuro de Ricky estaba bordeado por el brillante resplandor del agua de la pecera mientras esperaba que hablara.

"Querrás tu dinero", dijo.

Becky frunció el ceño.

"¿Qué dinero?"

"Siempre pago a mis chicas favoritas".

Becky estudió sus ojos.

¿Qué estaba haciendo él?

"Nunca lo has hecho antes".

"Ya es hora de que lo haga".

Cogió un talonario de cheques del escritorio.

Sacó un bolígrafo del bolsillo de su camisa y garabateó algo en de él.

Cuando se lo acercó a Becky, sintió que le picaba el cuello.

Ricky le dio el cheque.

Becky lo tomó y miró la cantidad.

Cuarenta mil dólares.

Ella palideció y miró a Ricky con incredulidad.

"Por servicios debidos", dijo.

Becky miró hacia atrás a la figura fuerte.

Cuarenta mil dólares.

Pagaría su hipoteca.

Ella podría conseguir un auto nuevo.

Salir a flote.

Comprar ropa nueva.

Zapatos de diseño.

Ricky no sonreía mientras la miraba estudiar el cheque.

La mirada que le dirigió fue de preocupación.

Becky miró nerviosamente sus ojos azul acero.

Él sabía que ella había intentado matarlo.

Él la estaba pagando.

Toma el dinero, déjame en paz, no vengas.

Ella no quería decepcionarlo.

Se las arregló para sonreír y luego se volvió para salir de la habitación, su mano temblorosa aun sosteniendo su nueva fortuna.

FIN

MEJOR UN TRÍO 1
ERIKA SANDERS

Los tres nos acurrucamos en el sofá viendo una película de cursi película de HBO.

Yo estaba en el medio, apoyada contra mi novio, Peter, y su mejor amigo, Ricky, el cual estaba apoyado contra el otro lado del sofá.

Peter volvió la cabeza hacia nosotros e hizo un comentario que no le importaría hacer eso de lo que habíamos hablado antes.

Miré fijamente a la televisión y vi como una mujer se salía con la suya con dos hombres.

Ricky se movió un poco en el sofá.

"Sí, parece que podría ser divertido". Dije solo mirando la pantalla y me reí entre dientes.

Lo siguiente que supe fue que Peter comenzó a pasar sus manos a lo largo de mis costados y alcanzó la parte inferior de mi camisa, tirando de ella.

Ricky se acercó un poco y comenzó a frotar mi pierna mientras me miraba a los ojos.

Sentí que todo mi cuerpo saltaba sin moverse.

Peter me sentó y me quitó la camisa, mis pechos descansaban en mi sujetador de encaje negro, los pezones duros y empujando contra la tela.

Luego presionó su cuerpo contra el mío, envolviendo sus brazos alrededor de mi espalda y con un movimiento de su muñeca mis pechos estaban sueltos.

Peter comenzó a chuparme las tetas mientras Ricky deslizaba sus manos hacia el botón de mis pantalones cortos.

Sentí que me humedecía cuando Ricky desabrochó mis pantalones cortos, tiró de ellos hacia mis caderas y mis piernas.

Para su sorpresa, no llevaba bragas.

Ricky se lamió los labios y acercó su rostro a mi coño mojado.

Jadeé cuando sentí su lengua penetrar mis labios y acariciar mi clítoris, haciendo que Peter chupara mis pezones con más fuerza.

Yo deslicé sus manos hacia sus pantalones y comencé a trabajar para quitárselos.

Separo mis piernas aún más para darle a Ricky un acceso más fácil.

Mi corazón comenzó a acelerarse cuando lo que estaba sucediendo comenzó a asentarse en mi cabeza.

Mientras Ricky lamía hambrientamente mi coño mojado y empapado, se quitó los pantalones y se retiró a regañadientes para quitarse la camisa por la cabeza.

Luego, Ricky comenzó a tirar de mis caderas, tirando de mi trasero hasta el borde del sofá, se puso de pie y vi su polla dura y palpitante justo antes de presionarla contra mis labios, frotando la longitud de mi clítoris hinchado.

Cuando Peter se puso de pie, se quitó la camisa y la arrojó a un lado.

Luego se subió al sofá, su polla a centímetros de mi cara, pasando por encima de mis piernas una de las suyas.

Gemí cuando Ricky empujó su polla dentro de mi coño, llenándome por completo.

Instintivamente apreté con fuerza alrededor de su miembro.

Saqué mi lengua y acaricié con ella la punta de la gran polla de Peter, incliné mi cabeza hacia adelante y envolví mis labios alrededor de la cabeza hinchada.

Peter se apoyó con una mano contra la pared y deslizó los dedos de la otra en mi cabello, guiando suavemente mi cabeza mientras le chupaba la polla.

Ricky pasó sus manos arriba y abajo por mis costados y agarró mis caderas, sosteniéndome quieta mientras me follaba.

Mis gemidos se perdieron en los suyos.

Comencé a balancear mis caderas contra las de Ricky hundiendo su polla palpitante más profundamente en mi apretado coño mojado.

Comencé a trazar el interior del muslo de Peter, llevé mi mano a sus bolas llenas de semen y comencé a masajearlas suavemente, dejándolas rodar en mi pequeña mano.

Gemí de nuevo, mi boca completamente llena por la polla de Peter.

Podía sentir la cabeza de su polla tocar la parte posterior de mi garganta, con el sabor del líquido preseminal en mi lengua.

Peter se echó hacia atrás, su polla aun palpitando por mi dura succión, bajó del sofá, tomando mi mano entre las suyas.

Me senté y Ricky sacó su polla de mi excitado coño.

Peter me llevó a la habitación, se sentó en la cama, agarró mis caderas delgadas y me dio la vuelta.

Ricky se paró frente a mí, acariciando su polla dura mientras Peter separaba mis nalgas.

Ricky luego agarró mis caderas y me ayudó a equilibrarme mientras ayudaba a colocarle la polla de Peter delante de mi apretado agujerito.

Mis rodillas se presionaron contra mis senos cuando sentí la polla húmeda de Peter presionar contra mi culo apretado.

Gemí cuando su polla penetró lentamente mi culo.

Ricky empujó la parte superior de mi cuerpo hacia atrás y deslizó su polla nuevamente dentro de mi coño.

Inclinándome hacia atrás, con mis brazos apoyándome, mi culo y mi coño llenos de polla, gemí en voz alta y me mordí el labio inferior.

El dolor y el placer provenientes de la doble penetración era casi demasiado para manejarlo.

Peter deslizó su polla de veinte centímetros hasta el fondo de mi culo, llenándolo por completo y luego comenzó a mover sus caderas.

Sus manos alrededor de mi pecho masajeando mis senos.

Ricky bombeó furiosamente en mi coño caliente y húmedo.

Su respiración se hizo difícil y sus manos en mis caderas me sostuvieron en su lugar.

Apreté fuertemente alrededor de sus dos pollas, sintiendo que mi propio clímax comenzaba a crecer.

La polla de Peter se hinchó dentro de mi trasero cuando apreté y comenzó a follarme más rápido, gimiendo mientras lo hacía.

Ricky cerró los ojos y comenzó a sentir ese calor familiar en su polla mientras la bombeaba constantemente en mi coño.

Estaba gimiendo con casi cada respiración, deseando sentirlos explotar dentro de mí.

Apreté más fuerte.

El cuerpo de Peter comenzó a temblar debajo de mí mientras su polla explotaba llenando mi culo con su espeso semen.

Sus gemidos se mezclaron con los de Ricky y los míos.

Envolvió sus brazos alrededor de mi pecho con fuerza mientras su clímax alcanzaba su punto máximo, bombeando su polla a chorros dentro y fuera de mi apretado culo.

Cuando Peter se corrió en mi trasero sentí que mi propio clímax comenzaba a hacer que mi cuerpo se tensara y mi coño se contrajera alrededor de la polla llena de esperma de Ricky.

Comencé a mover mis caderas al ritmo de los movimientos de Ricky, queriendo correrme alrededor de su polla.

Eché la cabeza hacia atrás y gemía tan fuerte que casi grité cuando entré en clímax, con una polla en cada hoyo.

Ricky no pudo contenerse por más tiempo, se soltó con la suya y llenó mi coño con chorros de su semen.

Los dos temblando, nuestros golpes se volvieron más lentos y nuestros gemidos se suavizaron, disminuyendo nuestros clímax.

Ricky se inclinó hacia adelante, me besó suavemente y sonrió mientras sacaba su polla de mi coño y me ayudaba a levantarme de la cama.

Peter se levantó rápidamente, se paró detrás de mí, envolvió sus brazos alrededor de mi cintura y besó mi mejilla.

Él dijo entre risas:

"Sí, fue divertido, de hecho... "

FIN